一起開口讀唐詩 上

36個唐詩故事，為小學生閱讀素養加分

齊格飛 著
張永霓 錄音

五南圖書出版公司 印行

作者序　詩是情感的翅膀、思想的光點

剛上小二的女兒，一回到家呼嚕呼嚕背了好幾首唐詩，嚇得我倒退好幾步。

事實上，從女兒上幼兒園後，我就不斷不斷嘗試，希望她可以跟著我唸唐詩，可是，教學多年的我不斷明白一件事：自己的孩子最難教。所以在這之前，她只會殘破不全的幾句詩而已。

意料之外的是，開學時老師發下一首首唐詩給全班，讓他們背誦。女兒說：「很簡單啊！我多唸幾次就會背了，詩很有韻律的感覺。」感謝上天啊！老天爺是不是哪天不小心聽到我內心小小的祈願？送來了這麼一位令人尊敬、喜愛唐詩的導師給我女兒。

當女兒用稚嫩的聲音琅琅上口：「水晶簾動微風起，滿架薔薇一院香。」我的男兒淚差點兒滴下來，那種感覺，就好像是原本埋下幾顆種子，歷經沒有人理睬、暴風雨襲擊與松鼠的挖掘之後，數年間毫無消息，正當轉身不做任何期待時，驀然回首，種子已經長成一棟高樓大廈！

為什麼我會希望女兒在小時候讀唐詩？理由很簡單，因為唐詩是最美麗的文字，從小讀詩可以領略文字、語言的美好，進而喜歡上語言學習。而且，比起其他的古文，唐詩沒有那些道德、傳統觀念的規範甚至教條，更多的是生命的體驗與傾訴。我認為，這對孩子來說才是最好的語言禮物。

歷來有許多研究，說明從小讀唐詩的好處，我大致歸納為三大優點：

1. 訓練唸讀記憶力：唐詩的設計是——在簡短的篇幅中完成敘事，表達情意，並且著重聲音的表現。藉由唸讀有節奏感的短句，可以輕鬆進入而不知不覺背誦，是絕佳的記憶力開發工具。

2. 培養文字美感力：詩是情感的翅膀、是語言的光點。在字與字的組合中，往往展現文字、語言最美的一面。從小接觸精緻活潑的唐詩，是對心靈的細緻灌溉，是對美的潛層引航。

3. 啟動音律朗誦力：詩要朗讀，唐詩的文字安排有自然的韻律感，意思通常也很單純，適合孩子幼年成長發展中的口語構造。讀著讀著，唸著唸著，口語表達能力也跟著累積出來，這只有唐詩辦得到。

有時候，女兒還會問我：「這首詩在說什麼？」我不僅翻譯，還會簡單說一下詩人寫這首詩的感受、背景，還有相關的故事，女兒常常聽得津津有味。有時候，女兒也會用詩句來表達感受，例如：「爸比，我們心有靈犀一點通耶！」往往讓我喜出望外。

從女兒身上，我進一步了解小朋友讀詩不需要有壓力，只要創造機會，讓他們唸出聲音，感受文字音律的美，把詩的美麗存在心中，就夠了。

於是我想，何不把這些詩和故事整理整理，給更多孩子、老師、家長可以參考運用。所以我為詩配上注音，做白話翻譯，找一些有趣的小故事，將相關的詩放在同一個單元，增加詩的延展性以及閱讀的張力。

書中共有六十五首詩，搭配音檔，方便聽讀；分上、下冊，方便攜帶。

詩的小故事來源包括：

1. 詩的典故：李白、杜甫、陳子昂、白居易的經歷。
2. 古典名著：《西遊記》、《三國演義》、《鏡花緣》、《世說新語》。
3. 世界名著：《小王子》、《莎士比亞全集》、《安徒生童話》、《格林童話》。
4. 傳說故事：春聯、元宵節、七夕、嫦娥等等。

另外還有詩人小傳，也有各種「小知識」，包括成語、植物、季節、天文、希臘神話等等，再配上趣味插圖，種種設計讓小讀者讀詩的同時，增進閱讀能力，厚植閱讀素養。

希望這本書可以打開唐詩的門，引發學童讀詩的興趣與意願，也給老師帶讀、親子共讀的教師、家長們一把鑰匙，幫助低年級的孩子打開這扇門。

謹以本書向敬愛的梁老師致上謝忱。

Contents 目錄

李白來了，李白笑了

李白乘舟將欲行，忽聞岸上踏歌聲。
桃花潭水深千尺，不及汪倫送我情。

〈贈汪倫〉～李白

詩仙李白在各地遊山玩水，有一天接到一位陌生人的來信：

親愛的李白先生，您好：

我仰慕您很久了，您的每一首作品都這麼美好，讓人喜愛得不得了，您真是太了不起了。說句心裡話，我就是您的鐵粉❶。

雖然沒有見過面，但是我知道李白先生喜歡賞花，喜歡喝酒，更喜歡一邊賞花一邊喝酒。我誠摯的邀請您來我的家鄉，這裡有十里桃花，有萬家酒店，您一定會喜歡！

我知道您正在各地旅遊，欣賞美景、品嘗美酒，何不順道到我們這裡一遊，品酒賞花，一定不會令您失望。您斗酒詩百篇，或許在這裡也可以留下名詩佳句，如果您願意來，我一定會好好的招待您。

希望能早日見到您。

弟
汪倫　敬上

這樣的一封信引起李白的興趣。想想現在春意正濃，正是百花爭放的時節，不如就去賞花、喝美酒，於是欣然起行。

❶ 鐵粉：堅定的粉絲（英語Fans），指非常仰慕偶像的人。

到了之後，李白一看，對接待他的汪倫問：「十里桃花在哪裡？」因為放眼看去只有一簇簇野花。

「前面有一潭水，名叫『桃花潭』。」汪倫回答。

「一萬家酒店在哪裡呢？」李白又納悶地問。

汪倫拉著他到唯一的一家酒店前，「這裡。」

李白抬頭一看，招牌寫著「萬家酒店」。

「酒店的老闆姓萬。」汪倫這麼介紹。

李白傻眼，「十里桃花？」

「桃花潭廣達十里。」

「萬家酒店？」

「就這一家。」汪倫比著手勢露出微笑，對於把李白騙來，顯得有點捉弄人的樣子，又有點得意。

兩人互看一眼，忍不住哈哈大笑起來。不過雖沒有酒店一萬家，汪倫還是為李白準備許多美酒佳餚，帶著詩仙暢遊湖光水色。潭水悠悠，青草碧碧，酒香滿溢，兩個人相處得十分歡愉。

篇首〈贈汪倫〉白話翻譯：

逗留了幾天，李白乘船要離去時，汪倫和鄉親們來相送。人未到，歌聲先傳來，汪倫居然是用高聲唱歌來歡送李白，而不是一副離情依依、流著眼淚的樣子。

李白也朝岸上揮揮手，彼此都那麼豪爽大器、瀟灑自在。

李白說：「桃花潭啊！即使有千尺深，也比不上汪倫對我的友情。」

臨別的時候，李白吟詩相贈，紀念這段旅程、紀念這場情誼。這首詩如此簡單、如此活潑自然，把兩個主角的名字直接放進詩中，隨興的動作直接寫出來，再用誇張的比喻表達汪倫的友情，沒有名氣的汪倫，從此在詩史上鼎鼎有名。

李白乘興來到，酒喝夠了，遊覽也足了，盡興而歸。最重要的，李白實際上是個愛熱鬧的人，如果是在一個班上，他一定是話多又愛出風頭的那個。所謂「謫仙人」，骨子裡就是要在人群裡熱鬧一番，在世間精彩一回的。

所以汪倫熱情而又率真自然的接待他，正符合李白的天性，相處起來當然愉快。想來李白縱使是被「騙」來，縱使沒有十里桃花、萬家酒店，他仍然覺得很快樂，認識汪倫也算不虛此行。而這首詩，也就這麼流傳千年，流傳著他們倆天真豪放的相遇。

所以，和什麼樣的人交朋友就要用什麼樣的方式。相同的愛好、共同的興趣、相契合的性情，如此相交，友情才容易長久。

小知識

我們知道的友情有很多種，相關的成語例如：

總角之交：從小認識、要好的朋友。兒童編紮頭髮，形狀如同動物的角。

管鮑之交：春秋時代齊國管仲和鮑叔牙交情很深。之後用來比喻友情深厚。

莫逆之交：心意相投、至好無嫌的朋友。
忘年之交：不拘泥年歲輩分而結交為朋友。
八拜之交：稱結拜為異姓兄弟姊妹的朋友。
泛泛之交：普通膚淺的交情，與「點頭之交」相同。

詩人小傳

李白（七〇一年—七六二年）字太白，號青蓮居士，盛唐著名詩人，有「詩仙」、「詩俠」、「酒仙」、「謫仙人」、「撈月人」、「東海騎鯨客」等等的稱號。詩風浪漫，包羅萬象，與杜甫合稱「李杜」。

說到李白，愛熱鬧、愛賞花，交朋友又很真性情，還有點瘋瘋的，那是有很多詩可以為證的。例如：

兩人對酌山花開，一杯一杯復一杯。
我醉欲眠卿且去，明朝有意抱琴來。
〈山中與幽人對酌〉～李白

白話翻譯：
我們兩個人在一片盛開的山花中喝酒，喝了一杯又一杯，接著又乾杯。我醉了，想睡了，朋友您可以自行離去，如果明晨醒來還有興致，抱著琴再來唱歌吧！

你看，李白連花也可以當朋友：

花間一壺酒，獨酌無相親。
舉杯邀明月，對影成三人。

〈月下獨酌〉其一節錄～李白

白話翻譯：

我在花叢間提著美酒一壺，沒有人相伴，只好自斟自酌。舉起酒杯邀請明月，加上我的影子，這樣湊成三個人，這樣就有伴了。

三 馴鹿魯道夫的紅鼻子

千山鳥飛絕，萬徑人蹤滅。
孤舟蓑笠翁，獨釣寒江雪。

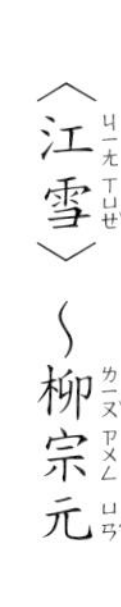
〈江雪〉～柳宗元

這首詩描寫冬天的景色，天地被白雪覆蓋，沒有動物的蹤跡。其實冬天雪地裡還是有成群的動物活動，譬如幫聖誕老公公拉雪橇的「馴鹿」。你可知道，這些拉雪橇的馴鹿也有一個可愛的故事。聖誕歌曲〈紅

鼻子馴鹿魯道夫〉說了這麼一個故事：

我叫做魯道夫，我是一隻馴鹿，自從我出生就一直被大家嘲笑：

「哈哈哈！你看牠，長得好奇怪。」

「那個鼻子太好笑了！」有馴鹿說。

「如果我有這樣一個鼻子，我一定不敢出門。」又有馴鹿說。

因為我長了一個紅冬冬的鼻子，整顆是紅色，還會發光、會發光！

「媽媽，為什麼我會長一顆紅色的鼻子？」我問。

媽媽說：「因為這樣很可愛啊！」

「爸爸，為什麼我的鼻子會發光？」我又問。

爸爸說：「這樣晚上的時候，我們可以知道你在哪裡啊！」真是夠了！

可是都沒有馴鹿要陪我玩，牠們說我閃亮的鼻子是紅色聖誕燈，可以直接把我掛在聖誕樹上當裝飾。等到我可以拉雪橇的時候，也沒有馴鹿要陪我練習。

「沒有關係。魯道夫，媽媽相信你，有一天大家會知道你是一隻好馴鹿，會發現你的優點的。」媽媽總是會這樣安慰我。

即使只有我一隻馴鹿，我還是每天每天認真練習，把雪橇拉得又平穩又快速，一點也不輸給其他的小馴鹿。

終於，聖誕夜到了，聖誕老公公要挑選拉雪橇的馴鹿，「選我！選我！」所有的小馴鹿都在他面前跳著說。

我也擠到前面去，希望聖誕老公公可以選我拉雪橇，讓我拉著他送禮物給全世界的小朋友。

「呵呵呵！今天的風雪好大，真是糟糕。」聖誕老公公說。我知道他很擔憂，但他還是一副笑瞇瞇的樣子。

「這麼大的風雪，什麼都看不清，怎麼有辦法送禮物呢？」有馴鹿說。

「不管怎麼樣，我們都要在聖誕夜把禮物送給小朋友才行。」又有馴鹿說。

聖誕老公公看看灰濛濛的天空，又看看我們，摸摸他的大白鬍子

說：「這該怎麼辦才好？」突然，他的眼睛停留在我臉上，「啊！有了！魯道夫，今晚就請你來當領隊吧！」

「什麼？」我又驚又喜，簡直不敢相信，「聖誕老公公，你要我當領隊？」

「呵呵呵！對啊！你的鼻子又紅又亮，正好可以在大雪中照亮前方的路，這樣馴鹿們就不會迷路了。」聖誕老公公又笑了起來，「你來當雪橇馴鹿的領隊，最適合不過了。」

我高興得跳起來，「好，我來囉！」說著，我跑到裝滿禮物的雪橇最前面，拉起韁繩，「我準備好了，我的紅鼻子也準備好了。」其他馴鹿也紛紛就定位。聖誕老公公說一聲：「我們出發囉！喔呵呵呵！」

我奮力一跳，整隊雪橇跟著我飛上天空，我的紅鼻子發著光照亮下雪的夜空。我向前跑，帶領著大家開始送禮物給小朋友們，真是太開心了！

從此有魯道夫的紅鼻子照亮夜空，聖誕老公公送禮物再也不用擔心看不清楚。

小知識

馴鹿主要分布於北半球的環北極地區，包括在歐亞大陸和北美洲北部。馴鹿的角非常特別，分成前半部與後半部。後半部的比較大，而且無論公鹿或母鹿都會長角。馴鹿常被做為交通工具使用，而幫聖誕老公公拉雪橇的是「聖誕魔幻馴鹿」，是被人們創造出來的奇幻動物。

篇首〈江雪〉白話翻譯：

連綿不絕的山巒（ㄌㄨㄢˊ）之間，連一隻鳥的蹤影都沒有，周圍的山路小徑也都沒有人跡。

平廣安靜的江面上，只有一個披著蓑草做成的雨衣、戴著斗笠的老漁翁，獨自一個人在船上，像是在垂釣滿天風雪。

詩人小傳

柳宗元（七七三年－八一九年），字子厚，唐朝中期傑出文學家、政治家，唐宋八大家之一。因為他是河東人，人稱柳河東，作品收錄為《柳河東集》。與韓愈同為中唐古文運動的領導人物，並稱「韓柳」。

冬天天氣寒冷，詩人常寫雪景。例如：

北風捲地白草折，胡天八月即飛雪。
忽如一夜春風來，千樹萬樹梨花開。

〈白雪歌送武判官歸京〉節錄～岑參

白話翻譯：

北風吹來，席捲大地，把枯白的野草都吹折了。北方在八月就開始下雪。一個晚上的時間，雪下得一片白茫茫。這樣的雪景，好像是春風吹來，大地上忽然千萬棵的梨花樹開滿白色梨花。

美猴王孫悟空的大豪宅

日照香爐生紫煙，遙看瀑布掛前川。
飛流直下三千尺，疑是銀河落九天。

〈望廬山瀑布〉～李白

在那遙遠遙遠的地方，有一個國家叫做傲來國。這裡的大海中有一座大山，名叫「花果山」。花果山上有一塊仙石，很高很大，沒有任何遮蔭，只有兩旁長著一些蘭花。

這塊仙石在山上經過許久的太陽、月亮照耀，雨水露水的滋潤，吸收天地精華。有一天，這塊仙石突然迸裂，從中間生出一顆「石頭蛋」。又隔不久，這顆蛋發出「劈哩啪啦」的聲音裂開來，從裡面蹦出一隻石猴子。

這隻猴子一出生，到處亂爬亂走，很靈活的樣子，眼睛還冒出金色的光芒，像是裝了電燈泡。直到他吃了東西、喝了水，眼睛才不再發光。

這隻猴子在山中到處玩耍，餓了就吃果實，渴了就喝泉水。他採野花、抓蟲子，和老虎、花豹、馴鹿、猿猴這些野獸們作朋友。白天在山野中一起到處玩，晚上睡在山洞裡，就這樣一年又一年過去。

山中沒有日曆，也不知道經過多少年。

這一天，天氣很熱，石猴子和猴群在一起，他們找到一塊陰涼的地方躲避毒辣的陽光。猴子們抓虱子的抓虱子，理毛的理毛，亂跳的亂跳，亂拉的亂拉，亂咬的亂咬，也有小猴子跑到水邊玩水，猴群總是靜不下來。

玩了一會兒，一群猴子都跑到山澗中洗澡。有猴子就說：「這裡的水不知道是從哪裡來的？」

「反正現在沒事，我們去找找看源頭。」另一隻猴子說。

「好！好！」眾猴子們都齊聲說。

他們往上游爬呀爬，終於發現一道瀑布。

「原來是泉水湧出的瀑布，真是漂亮啊！」猴子們讚嘆。

有猴子提議說：「哪一隻猴子有本事，敢鑽進瀑布，我們就讓他當大王。大家說好不好？」

「好！好！好！」

石猴子這時跳出來說：「我來，我來，我敢鑽進去。」

只見他蹲下來準備，突然用力一跳，就跳進瀑布中。

石猴子穿過水濂，雙腳著地。他睜開眼睛一看，發現是一個山洞，裡面乾乾淨淨的。他往前走，看見一座鐵板橋，橋下有水流，不知道流向何方。他過了橋，發現山洞變得更大更寬敞，好像是一處住家一般。有窗子有房間，有石桌石椅石床，還有石盆石碗，有竹子有花有松樹，鍋子旁邊

好像還有炭火痕跡。

石猴子抬頭一看，上方有一塊石頭寫著三個字：「水濂洞」。

「太棒了！」他忍不住叫起來，翻了一個筋斗，「這裡實在太棒了！」

石猴子很高興地跳出瀑布，猴子們把他團團圍住，「怎麼樣？怎麼樣？裡面是什麼？」大家七嘴八舌地問：「水深不深啊？」

石猴子說：「沒有水！沒有水！有一座鐵板橋，橋的另一邊是一個大房子，裡面什麼都有，天然是一個上好的家。」

「真的嗎？真的嗎？」眾猴子紛紛問著。

「當然是真的。上頭還寫著『水濂洞』，根本就是歡迎我們去住的大房子。」

猴子們聽得心花怒放，都高興地說：「你快帶我們去看！帶我們進去呀！」

石猴子又用力一跳，跳進去後，大喊：「跟著我跳進來！跳進來！」有好幾隻猴子跟著跳進去，剩下一些膽小的，一個個伸頭縮頸，抓抓臉、抓抓耳朵，大聲叫喊：「等我！等我！」然後才跳進去。

過了鐵橋，猴子們看見裡面的東西，開始搶碗的搶碗、搶床的搶床；把東西搬過來，移過去。猴子就是猴子，沒有一刻安寧。

石猴子坐在高處看著，開口說：「猴子們，你們可不能說話不算話。」

猴子們安靜下來。石猴子又接著說：「剛剛大家都說：只要有本事進來，就要奉他當大王，現在我問你們：是誰帶你們進來，讓大家有一個美麗安穩的新家啊？」

「是你！是你！我們奉你當大王。」一隻隻猴子都來向他行禮，叫他大王。

石猴子覺得自己實在太帥、太了不起了，從此自稱為「美猴王」。

好吧！在猴子裡頭，他

應該算是帥的吧！（改寫自《西遊記》）

你應該猜到這隻石猴子是誰了吧？對了，他就是「孫悟空」。他後來遇到唐三藏，才被取名為「孫悟空」的。瀑布後的「水濂洞」是他第一個家，至於他大鬧天宮，和豬八戒、沙悟淨保護唐三藏一起去西天取經，那就是以後的故事了。

李白這首詩，用誇張的比喻說瀑布像是銀河洩落下來一樣。他真是一個很愛用「誇飾」又用得很好的詩人啊！他形容的瀑布，像不像是孫悟空家外面的瀑布呢？

篇首〈望廬山瀑布〉白話翻譯：

陽光照在香爐峰上，蒸出紫色的煙嵐。遠遠看去，瀑布像是一簾白色絹絲，懸掛在山前。

從高崖上飛落的瀑布像有幾千尺那麼長，又好像是銀河從天上洩落下來人間那般。

李白還有一首誇張的詩，說的是船開得其快無比。很巧的，裡面有猴子喔！這是〈早發白帝城〉：

朝辭白帝彩雲間，千里江陵一日還。
兩岸猿聲啼不住，輕舟已過萬重山。

〈早發白帝城〉～李白

白話翻譯：

清晨時，我踏上歸程。從江上抬頭一望，白帝城佇立朝霞中，如同漂浮在彩雲間。相隔千里的江陵，在一天之中「咻」一下就到了。

兩岸猿猴的啼叫聲，像是還迴盪在耳邊。而我的輕快小舟，早已經過連綿不絕的萬重山巒。

仲夏夜之夢

綠樹陰濃夏日長，樓臺倒影入池塘。
水晶簾動微風起，滿架薔薇一院香。

〈山亭夏日〉～高駢

這是一首夏天的詩，描寫暑氣當中有微風帶來花香，在炎熱夏日裡有了涼意和繽紛的色彩。

夏天大家會想要避暑，尤其到了晚上暑氣消散，人們好像才從炎熱中

解放出來。英國劇作家莎士比亞有一部著名的喜劇叫做《仲夏夜之夢》，就是描述盛夏晚上發生的一個有趣故事。我們一起來看看吧！

我是小精靈，那一天晚上仙王要我去摘一種叫做三色堇的魔花，把這種花的汁液滴在眼皮上，那個人一睜開眼後，就會愛上第一眼見到的人。「哈哈！這實在太有趣了，我最喜歡這種胡鬧的遊戲。」我心裡想。

仙王說：「你去把花汁滴在仙后的眼皮上，我要懲罰她。」

我問：「仙王，你為什麼要懲罰仙后呢？」

仙王說：「哼！誰叫她不把僕人借給我。」

「真是幼稚啊！」我心裡想，但還是笑嘻嘻地答應仙王。

我趁著仙后在森林中睡著時，偷偷將花汁滴在她的眼皮上。

這時在森林的另一邊，有一群演員在排演，他們準備在明天女王的婚禮上演出。我悄悄躲在樹後偷看，其中有一個演員長得很奇怪，動作也很好笑。我突然有個主意。我趁他在換裝時偷偷走到他身後，然後施了一個魔法，一變！把他的頭變成驢子的頭。看到他自己驚慌還有其他人驚嚇的樣子……哈哈哈！真是笑死我了！

我在森林中到處走著，在不同的地方發現四個人，分別是兩個男生兩個女生，他們應該是在森林中迷路了。他們相隔不遠地在樹下休息，我又把花汁滴在他們的眼皮上。

後來發生什麼事呢？驢子頭的演員因為太害怕，到處又跑又叫，吵醒了仙后；仙后睜開眼見到驢子頭就立刻愛上他了。

那四個人中的兩個男生，醒來第一眼都看到同一個女生，然後都愛上她；而這個女生原本只喜歡其中一個男生的。

剩下另一個女生看到這種情況更是嚇傻了，因為她本來是和其中一個男生相約，現在她看到自己喜歡的男生要去追別的女生，快氣死了。而兩個男生為了爭搶一個女生，更是吵得不可開交。

這四個人鬧成一團，都要打起來了。我在旁邊看，心裡覺得他們沒有剛好配對成功，反而亂成一團，讓我有一點意外。但是看到他們氣急敗壞的樣子，我還是覺得好好笑。哈哈哈！

這時我又看見仙后追著驢頭人跑，驢頭人不知所措的搞笑模樣，更是讓我笑到肚子疼。

突然，仙王現身在我面前，他很生氣，「你看看你做了什麼好事？」

我掩住自己笑得翹起的嘴角，「可是，這都是你叫我做的啊！」我假裝委屈的樣子。

「胡說！你就是愛惡作劇，現在搞成這樣，你自己想辦法解決，不然我饒不了你。」仙王說完就氣呼呼地走了。

我只好又趁仙后睡著時，重新滴了花汁在她眼皮上。把驢頭人拉走、解開魔法，讓他變回原來的樣子。說真的，我認為他當驢頭人還比較帥呢！

然後，我請來仙王待在仙后身旁，等仙后醒來第一眼看見仙王，仙后就會愛上仙王，然後和好如初。

至於那兩對男女生，我也是等他們睡著，重新滴下花汁，讓他們第一眼可以看見原本喜歡的人。

等睡著的人們都醒過來後，想起剛才自己經歷奇怪又不合理的事情，雖然覺得很莫名其妙，但在回過神後，都在心裡當作是仲夏夜裡森林中，一場怪異而精彩的夢，直到現在才真正醒過來。

呼——終於，剛剛亂糟糟的場景回到正確的路上了。差點累壞我！不過想到他們剛才的樣子，我忍不住又笑了起來。哈哈哈！下次還有下下次，我還是要繼續做這些有趣的惡作劇，誰叫我是愛惡作劇的小精靈呢！

篇首〈山亭夏日〉白話翻譯：

盛夏時節，綠樹濃密的樹蔭下有一絲清涼。夏季裡白天比夜晚還長，清澈的池塘中映出樓臺的倒影。

微風吹起水晶簾子，輕輕搖動。院子裡滿滿花架上的薔薇盛開著，風把薔薇花香帶到了每個角落。

夏天還有許多精彩的詩，例如孟浩然的這首：

故人具雞黍，邀我至田家。
綠樹村邊合，青山郭外斜。
開軒面場圃，把酒話桑麻。

待到重陽日，還來就菊花。

〈過故人莊〉～孟浩然

白話翻譯：

我的老朋友是一個農夫，這天他準備了雞、玉米等等豐盛的酒菜，邀請我到他家裡作客。

我走進村落，看到濃密的綠樹環繞，城外不遠處有青山橫臥。

推開朋友家的窗戶，正面對穀場和菜園，我們舉起酒杯閒聊莊稼農事。

我說，等到秋天九九重陽節的時候，我一定還要來這裡，與老朋友們喝酒、觀賞菊花。

李白也有一首：

鏡湖三百里，菡萏發荷花。
五月西施採，人看隘若耶。
回舟不待月，歸去越王家。

〈子夜吳歌・夏歌〉～李白

白話翻譯：

鏡湖廣大，有三百餘里，靠近岸邊的湖面上開滿荷花。五月時西施來這裡採蓮子，來觀看的人都擠滿了若耶溪。美麗的西施回家不到一個月，便被選進了越國王宮。

小知識

1. 西施是戰國時代最知名的美女。
2. 菡萏就是荷花，也叫做蓮花。夏季盛開，還有許多別稱，例如：芙蓉、水芙蓉、芙蕖、芰荷。而另一種葉子是貼在水面上的蓮花，指的是睡蓮。

關於西施有許多故事，其中之一是「東施效顰」。

西施有心臟病，偶而會因為心臟不舒服而摀住胸口，皺著眉頭（顰），臉上露出痛苦的表情。然而西施實在太美麗了，即使她露出疼痛不堪的模樣，路上見到的人，反而更想要憐惜她，越是覺得有一種嬌弱的美。

西施的一位鄰居叫做東施，外貌長得很醜，偏偏想要學西施。她看到西施摀住胸口、皺著眉頭的樣子，反而更受到大家的關愛，她認為一定是這些動作才引起人們的喜歡。於是，她走在路上時，開始學西施捧心痛苦的模樣，還一路發出哀嚎：「好痛啊！好痛啊……。」，看到她這個怪樣子，大家嚇得紛紛逃走，房子裡的人也趕緊關上門窗。

所以我們說那些不看清自己的條件，而盲目胡亂的模仿他人，以致收到反效果的人，就是「東施效顰」。

都是月亮惹的禍

雲母屏風燭影深，長河漸落曉星沉。
嫦娥應悔偷靈藥，碧海青天夜夜心。

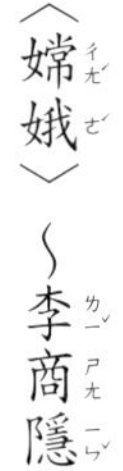

月亮上有什麼？現在我們知道月亮上什麼都沒有，只有大大小小被撞擊出來的隕石坑，最大的隕石坑叫「寧靜海」。但是在人類登陸月球之前，古代的人們想像月亮上面一定住著各種特別的生物，譬如嫦娥、月兔、伐桂的吳剛。那他們是怎麼跑到月亮上面的呢？

我是嫦娥，我怎麼來到月亮上頭？

當年我嫁給后羿，后羿就是射下天上九個太陽，解救大家陷於乾旱炎熱的那個人。他當時登上山頂，用力拉開巨弓，一箭射下一顆太陽，最後只留下一顆太陽。並且告訴那顆太陽說：「我命令你每天按時升起、按時落下，帶給人們溫暖、帶給大地能量。」人們都把他視為英雄，讓他當上王。

我是部落最美的女子，大家都這樣說，可不是我自己說的。后羿當上王之後和我結婚，他對我很好。我有漂亮的衣服、好吃的美食和很多婢女。可是慢慢地，他變了很多，他的生活越來越奢華，脾氣也變不好，經常發動戰爭。而且他開始迷上「長生不死」這件事，他到處去找仙丹靈藥。

終於，經過一番努力，遇上一位仙人，送了他一顆靈藥，說：「只要吃下這顆藥，就能飛上天成仙，長生不死。」

后羿還捨不得吃這靈藥，他說以後要和我一起吃。我知道他還貪圖享樂，還想享受當王的滋味。可是有一天，他不在家，他的一個學射箭的徒弟卻跑來說：「大王現在要吃那顆靈藥，你把它交給我。」

我不知道這徒弟說的是真是假。我把藥偷偷藏在一個只有我知道的地方，徒弟到處都搜不著。但是我看他再這樣翻箱倒櫃下去，一定會找到，情急之下，我只好衝過去拿出那顆靈藥，說：「藥在我手上，誰都別想要吃。」

然後，我就把靈藥丟進嘴巴，一口吞下去。一瞬間，我覺得整個身體突然變得輕飄飄起來，像顆氣球一樣。低頭一看，天啊！我的腳已經飄離地面，越飄越高，我急著想抓住什麼東西，慌忙之中只抓到櫃子上關兔子的竹籠子，然後我就抱著兔籠飄出窗戶，眼看著離地面越來越遠。

我看見那個徒弟和同伴們張大著嘴巴，眼睜睜抬頭看著我。漸漸地，我已經聽不清楚他們的吼叫聲了。

這麼飄著飛著，我上了天空，直到月亮上才停下來。從此我就住在月亮上面。月亮上有一座「廣寒宮」，只有我和我的兔子，孤寂冷清的在這裡。所以詩人李商隱才寫這首詩，說我是不是後悔偷了靈藥，結果只剩自

己孤孤單單在月亮上。

篇首〈嫦娥〉白話翻譯：

雲母裝飾的屏風上，燭光照射的影子漸漸黯淡，天上銀河也緩緩消淡，連晨星的光芒都沉入了漸亮的天色裡。

月亮上的嫦娥啊！你應該後悔偷了后羿的靈藥，如今只孤零零一人在碧海般的青天中，每天夜裡自己品嘗寂寞的心情。

詩人小傳

李商隱（八一三年—八五八年），字義山，號玉溪生、樊南生。晚唐著名詩人，擅用象徵。詩風朦朧美麗，和杜牧合稱「小李杜」。作品收錄爲《李義山詩集》。

我是玉兔，關於我的傳說不少，不過，我只知道我是嫦娥的寵物，她從小養大我，飛到月亮上也沒忘記把我帶著。

好吧！真是謝謝她了。說實話，我也沒有多想來。反正就這樣，我也跟著來到月球。這裡很荒涼，除了我們兩個，只有一個吳剛不斷在砍樹，他一定瘋了呀！

至於我做什麼呢？

大家說我在月亮上搗藥，也有人說我搗的是麻糬，這大概是從地球上看到月球的坑洞陰影，就幻想我的各種工作吧！我跟你們說，不管搗的是藥還是麻糬，都不是輕鬆的工作啊！不然你們來試試看。

總之，我的工作最主要是陪伴嫦娥，另外就是成為詩人們詠嘆月亮的對象之一。

小時不識月，呼作白玉盤。
又疑瑤臺鏡，飛在青雲端。
仙人垂兩足，桂樹何團團。
白兔搗藥成，問言與誰餐？

〈古朗月行〉節錄～李白

白話翻譯：

小時候不知道月亮的名字，把它叫做白玉盤。又以為是瑤臺仙鏡，飛在夜空青雲上。月亮上的神仙是不是垂著雙腳坐著？上面的桂樹為什麼長得圓圓的？白兔搗成的仙藥，是要給誰吃的呢？

我是吳剛，本來是一個樵夫，可是我迷上仙道，想要學法術，所以去找仙人拜師學藝。但是我缺乏恆心，學什麼都半途而廢。老師很生氣，把我「咻」一下丟到月亮上來，給我一把斧頭，指著一棵桂樹說：「砍倒了這棵桂樹，你才能離開。」

月亮上什麼都沒有，只有嫦娥和兔子，嗯……為什麼會有兔子呢？

我用力砍這棵樹，看看即將砍倒了，沒想到桂樹又恢復如初，好像我從來沒砍過一樣。就這樣不斷重複。我不斷砍樹，樹又不斷重新長好。從此我就留在月亮上砍桂樹，還留下「吳剛伐桂」的故事，告訴小朋友學習

和做事要有恆心毅力。

啊——討厭啦！

小知識

希臘神話裡也有一個人被懲罰的故事，和吳剛很像，他叫做「薛西弗斯」。他做了欺騙神的事情，所以被處罰。受罰的方式是：將一塊巨石推上山頂，但每次到達山頂後，巨石又會滾回山下，他就這樣永無止境的重複推石上山。是不是很慘？

關於月亮，李白的〈靜夜思〉是我們最熟悉的一首詩，從小可以琅琅上口：

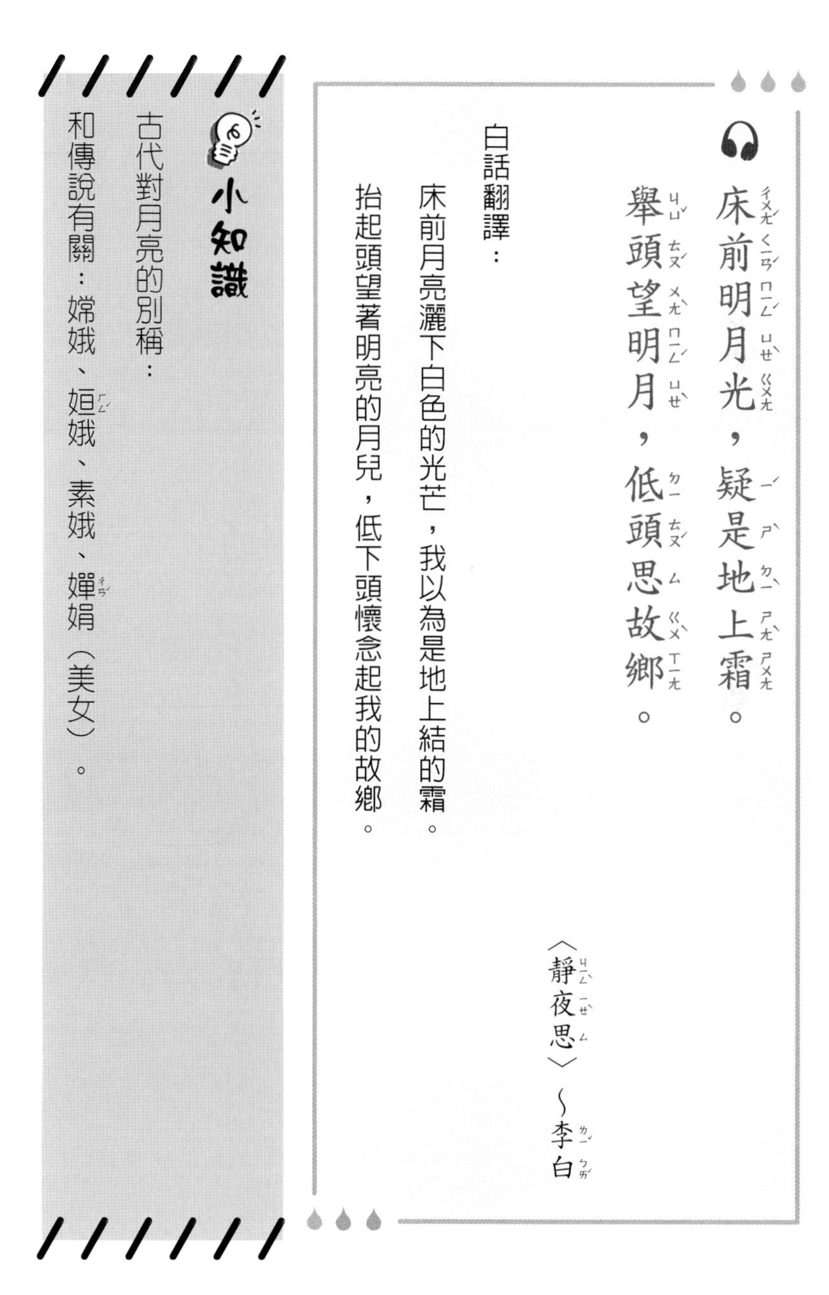

床前明月光，疑是地上霜。

舉頭望明月，低頭思故鄉。

〈靜夜思〉～李白

白話翻譯：

床前月亮灑下白色的光芒，我以為是地上結的霜。

抬起頭望著明亮的月兒，低下頭懷念起我的故鄉。

小知識

古代對月亮的別稱：

和傳說有關：嫦娥、姮娥、素娥、嬋娟（美女）。

和兔子有關：玉兔、金兔、白兔。

和桂樹有關：玉桂、丹桂。

和嫦娥住所有關：廣寒宮、桂宮、桂殿、蟾宮。

和蟾蜍有關（月亮上的陰影有時看起來像一隻蟾蜍）：蟾、霜蟾、銀蟾、冰蟾。

和形狀有關：白玉盤、銀盤、玉鏡、瑤鏡、銀輪、玉輪、玉鉤（弦月）。

昆蟲大進擊

不論平地與山尖，無限風光盡被佔。
採得百花成蜜後，為誰辛苦為誰甜？

〈蜂〉～羅隱

從前有一個國家，有三個王子，大哥和二哥出去探險後，一直沒有回家。家中最小的王子決定出門尋找兩個哥哥，他因為把所有動物都當作人來對待，所以外號叫做「小傻瓜」。

好不容易找到哥哥後，他們卻嘲笑他：「你這個小傻瓜，你知道回家的路嗎？連聰明的我們都不知道呢！」

「沒關係，哥哥，我們一起找回家的路吧！」小傻瓜說。

三個兄弟於是一起找路回家。

這天大哥發現地上有一個超級大蟻窩，大哥拿樹枝撥弄，小螞蟻們緊張地到處爬來爬去，「我們把它挖開！」二哥說。

小傻瓜趕緊阻止，「不行！不行！不要破壞牠們的家，」他擋在兩個哥哥面前，「你們不可以搗亂螞蟻的窩。」

他們又走呀走，來到一個池塘，池塘中有許多鴨子游來游去，很悠閒的模樣。「我們抓幾隻鴨子烤來吃吧！」二哥說。「贊成！贊成！我要吃烤鴨。」大哥說。

當他們衝下池塘時，鴨子被嚇得從池塘上飛起來「呱呱」地叫。小傻瓜攔住他們，大叫，「不可以！不可以！」

後來哥哥們又發現一個蜂巢，兩個哥哥這次什麼都不說，直接撿來樹

枝在樹下生火。小傻瓜問：「你們要做什麼？」

「我們要把蜜蜂燻死，然後拿蜂蜜來吃。」他們露出壞壞的笑。

小王子把樹枝移走，說：「不可以，蜜蜂太可憐了，我不准你們這樣做。」哥哥們這次還是沒辦法通過小王子的阻擋，只好又放棄欺負小動物。

這一天，他們三個來到一個城堡，城堡裡什麼人都沒有。他們找著找著，突然在大廳中看到一塊大石碑，上面寫了很多字，三兄弟開始讀起來。碑文的大意是說，這個城堡原本是一個國王的宮殿，可是受到魔法的控制，所有人都陷入沉睡，只有解除魔法才能解救這個王國。

而解除魔法要完成三個任務：

第一個任務：森林裡埋著一千顆公主的珍珠，在太陽下山前必須全部挖出來，只要少一顆，挖的人就會變成石頭。

第一天，大哥挖了一整天，只挖出一百顆，他變成石頭了。

第二天，二哥一樣沒挖夠，也變成石頭了。

第三天，輪到小傻瓜王子，他怎麼找怎麼挖，就是沒有找到更多的珍珠，眼看著太陽快要下山了，他忍不住坐在地上哭起來。

正哭得傷心時，曾經被他救過命的螞蟻王后，帶著好幾千萬隻螞蟻來了，「小王子，你不用擔心，我們來幫你的忙。」蟻后說。才一會兒工夫，小螞蟻們就把剩下的珍珠都找出來。

第二個任務：是要從湖底撈出公主臥房的鑰匙。小傻瓜走到湖邊，看到鴨子們游過來，「呱，小王子，你救過我們，現在我們來幫你找鑰匙，呱。」牠們潛入水中，一下子就找到鑰匙。

第三個任務最困難，要從三個長得一模一樣的公主中找出年紀最小的公主。三個公主都在沉睡中，長相看起來完全沒有差別，唯一不同的是，她們睡著前，大公主吃過一顆糖果，二公主喝過一點糖漿，小公主則吃了滿滿一湯匙的蜂蜜。

小傻瓜看著三個睡著的美麗公主，不知道該怎麼辦。這時被他救過的蜂后飛過來說：「小王子，你要解救王國的消息，我的蜜蜂早已經帶回森林中。你救過我們，現在我來幫你忙。」說完，蜂后逐一把公主們的嘴唇檢查一遍，然後停在其中一位的嘴唇上，小傻瓜馬上指出來她是最小的公主。

魔法解除了，所有人和動物都從沉睡中甦醒過來，兩個哥哥也從石頭恢復成人。小傻瓜因為他的善良，解救了全國，國王讓他和最小的公主

結婚，後來也當上國王。你看，小傻瓜可一點也不傻，他是一位心地善良的小王子。（改寫自《格林童話》）

篇首〈蜂〉白話翻譯：

不論是在平地或是山上，只要是開花的地方都被蜜蜂占領了。

蜜蜂們採了百花釀成蜜後，卻都給人類吃了。牠們到底是為誰忙碌？為誰釀造好甜好甜的蜂蜜呢？

有許多寫到昆蟲的詩，蜜蜂、蝴蝶、蜻蜓都很常見。例如，

黃四娘家花滿蹊，千朵萬朵壓枝低。
留連戲蝶時時舞，自在嬌鶯恰恰啼。
〈江畔獨步尋花〉其六～杜甫

白話翻譯：
黃四娘家這邊的花朵盛開，五顏六色滿滿掩蓋整條小路，千萬朵的花兒壓彎了枝條，低垂下來。
許多蝴蝶不停在花朵間翩翩飛舞，黃鶯鳥也在枝頭上自在地嬌啼。

梅子金黃杏子肥，麥花雪白菜花稀。
日長籬落無人過，惟有蜻蜓蛺蝶飛。
〈四時田園雜興．夏日〉其二～范成大（宋）

白話翻譯：

樹上的梅子，已經由青綠轉變成金黃色；杏子長得越來越大；蕎麥花開得一片雪白；油菜花卻開始凋謝，顯得稀稀落落。

夏天的白天變長了，隨著太陽升高，籬笆的影子越來越短。沒有人經過這裡，只有蜻蜓和蝴蝶在果樹間、花叢中、籬笆邊，飛來飛去。

我要出名，炒作知名度的好招

前不見古人，後不見來者。
念天地之悠悠，獨愴然而涕下。

〈登幽州臺歌〉～陳子昂

年輕的陳子昂來到長安已經有一段時間，可是一直默默無聞，滿腹的才華沒有人賞識，他感到很苦惱。這天隨意的走在熱鬧的街上，旁邊圍觀人群中傳來吵鬧聲，他過去一看，原來是一位老人在賣一把胡琴。

「我這把是有名的古琴，當然值這麼多錢。」老人說。

「這也太貴了。」人們發出異聲。

看著老人和人們高聲談論，陳子昂突然靈機一動。

「老先生，你這把古琴到底賣多少錢？」陳子昂問。

老人仔細看看陳子昂，說：「這位帥氣的公子看起來是識貨的人。我這把古琴可是寶貝，今天特別割愛❶，只要一萬錢。」（在當時這一萬錢可是個天價。）「如果公子您真的喜歡，我可以算你便宜一點。」老人說。

陳子昂假裝看了看古琴，「這是一把好琴，一萬錢已經是不能再便宜

❶割愛：將自己心愛的東西轉讓給別人。

了。不要降價，我直接買了。」

此話一出，圍觀的人「嘩！」的一聲發出驚嘆，還有人說：「這人瘋了！」

「公子真是知音之人啊！」老人高興得像隻歡跳的兔子。

陳子昂接過那把古琴，舉起來給眾人圍觀。然後他開口說：「各位鄉親朋友，你們一定以為我買貴了，事實上這真的是一把好琴。而我呢！叫做陳子昂，自幼喜歡彈琴。明天早上大家如果有空，我會在對街最熱鬧的飯店門口，用這把琴為大家表演，希望大家賞光。」

大家一聽，覺得這個人和這件事太有意思了，有露天演奏會可看熱鬧，紛紛叫好。

消息傳開來，到了第二天早上，果然有很多人到現場等著陳子昂的表演，大家交頭接耳的期待開場，想看看這麼貴的琴和這個奇怪的年輕人，會有什麼樣的演出。

陳子昂抱著琴緩緩走到眾人面前，看看在場人頭滿滿，有男有女，有販夫走卒，也有文人雅士，著實轟動。陳子昂很滿意，他拱一拱手說：「各位女士先生，各位鄉親朋友，謝謝大家今天這麼捧場。」

人們安靜下來，他又說：「這把琴我昨天花了一萬錢買下，確實是一把高貴的古琴。」他高高舉起琴，忽然「啪」的一聲將琴砸到地上，古琴頓時摔得四分五裂、破碎不堪。眾人「哇！」的發出驚呼，不敢相信這把天價的琴就這樣摔爛了。

陳子昂看著嘴巴合不攏的人們，瀟灑的笑一笑說：「這把琴雖然貴，但是摔爛了一點也不可惜。而我陳子昂滿腹才華，又會寫詩又會演講，大家卻不認識我，這才是真正可惜的一件事。」

聽到陳子昂這樣說，人們從震驚中回過神來，不禁面面相覷（ㄑㄩˋ）❷。陳子昂見達到他要的效果了，接著說：「來來來，現在把我的詩集發下去，請

❷ 面面相覷：互相對視而不知所措，形容驚懼或詫異的樣子。

大家品評品評，瞧瞧我的詩寫得有多好。」

就這樣陳子昂紅了，大開知名度，這就是有名的「伯玉摔琴」的故事。伯玉是陳子昂的字。而他的一首首詩、一篇篇文章因此流傳開來，大家也發現他不是作秀而已，果真是寫得很好，文采過人。尤其這首〈登幽州臺歌〉，寫出孤獨一人感念天地蒼茫悠悠，止不住滿懷悲愴而流下眼淚，文字很淺顯，意義卻很深，容易讀誦，尤其受到世人喜愛。

陳子昂是不是創造話題、炒作知名度的行銷高手？毫無疑問：是的。

篇首〈登幽州臺歌〉白話翻譯：

前方看不見古代聖人、賢明的君王；身後也沒有人跡。只有我面對蒼茫天地，悠悠無限，我忍不住心中的悲涼哀傷，掉下淚來。

詩人小傳

陳子昂（六六一年—七〇二年），字伯玉，初唐詩人，是唐詩革新、古文運動的先驅。有「唐詩詩祖」、「詩骨」之稱。因爲曾任官「右拾遺」，後世稱陳拾遺。

故事外的故事

還有另一位詩人，也是因為自己的一首詩一舉成名，他叫做白居易，他的弟弟叫白行簡。哥哥是白白居住很容易，弟弟是白白行走很簡單，名字都很有趣。

年輕的白居易來到長安參加科舉，當時盛行「行卷」。所謂行卷，是在考試前先把自己的詩和文章整理成一卷，投送給顯貴名人，希望對方向主考官推薦，如果數日後又重新投送，則稱為「溫卷」，總之是希望獲得「名人口碑行銷」。

白居易這天將自己的詩文送給很有名望的顧況，顧況一翻開見到他的名字，就開玩笑說：「你叫白居易。長安是首都，什麼東西都很貴，要白白在長安居住，不是那麼容易啊！」

白居易知道他開自己名字的玩笑，年輕的他不知道怎麼回答，只好微笑著。

顧況翻開他的文章，見到一首詩後。他盯住白居易說：「好詩！你

寫得如此好詩，要在天下任何地方居住都很容易，我先前是開玩笑的，請不要介意。」

因為顧況大名士的身分，經常有很多人來找他行卷，其中當然有優秀也有不好的作品，然而不好的作品看多了，他對陌生人通常也不會有什麼好的期待，但是遇到像白居易這樣的佳作，他當然是很歡喜，願意好好地稱讚並鼓勵。這件事流傳出來，白居易也因此成名。

受到讚嘆的這首詩是：

離離原上草，一歲一枯榮。
野火燒不盡，春風吹又生。
遠芳侵古道，晴翠接荒城。
又送王孫去，萋萋滿別情。

〈賦得古原草送別〉～白居易

白話翻譯：

草原上的野草茂盛繁密，每年都是大量生長然後又枯萎，不斷循環。
任憑野火焚燒也燒不盡、滅不完，只要春風吹來就又蓬勃滋生。
遠處的野草花長得像要淹沒古道，翠綠的草色直直漫向荒城。
在這裡又要送好友們遠去，茂盛的芳草也不免充滿離別的傷感。

我真的這麼帥嗎？

去年今日此門中，人面桃花相映紅。
人面不知何處去，桃花依舊笑春風。

〈題都城南莊〉～崔護

這一年的科舉考試，崔護沒有考過，心情很不好。因為他個性內向，而且從外地來，在這裡沒有親戚朋友，只好一個人到城南郊外去散散心。

走著走著，城外的美景漸漸安撫了他的心情。春風中野草花盛開，不知名的鳥兒在花叢裡跳上跳下、快樂鳴叫。溫暖的陽光曬起來很舒服，崔護越走越遠。

「哇！好漂亮的一樹桃花。」崔護驚嘆。一戶農家院子裡開滿桃花，他停下腳步欣賞，同時也感到有點渴、有點累。

他敲了敲這戶人家的木門，說：「請問有人在嗎？」

等了好一會兒，木門「吱呀」一聲緩緩打開一個縫，一個女孩子探頭看了崔護一眼，然後說：「您是誰？有什麼事？」

「我叫崔護，我一個人來尋春踏青，口渴了，請姑娘給我一杯水喝。」崔護回答。

「進來吧！」姑娘打開門。

崔護隨著她走進院子。桃花樹上滿滿的桃花，從院子裡開到院子外去。崔護坐在院子的樹下，那位姑娘端來一杯水給他。

崔護喝著水，兩個人默默無語。崔護看看姑娘，說：「謝謝你的

水。不好意思，打擾了。」

姑娘站在桃花樹下只是看著他，害羞地點點頭。等崔護喝完，她收起茶杯，走進屋去。崔護本來想再和她說話，可是姑娘沒有再出來，所以崔護向屋內喊著，「姑娘，謝謝你的茶水。我先走囉！告辭。」

崔護正要走出門，姑娘突然出來相送，但也沒有多說什麼。崔護心裡懷著一股說不出的滋味，「她為什麼不跟我說話？一定是我太帥了，所以她才這麼害羞。嗯，一定是這樣。」崔護開始自言自語。

從此崔護沒有再回來這個地方，直到一年後，他又來參加考試，想起這件意外相遇的事，於是又一個人走到這戶農家門前，桃花依然開了滿滿一樹。

他停在門前，舉起手敲敲門，「有人在嗎？」他問。

等了好久，都沒有人來應門，他又敲了敲，還是沒人，只有鳥兒吱吱喳喳的叫聲。他想了想，拿起筆在門上寫了篇頭的那首詩（還好他有隨身攜帶筆墨）。

篇首〈題都城南莊〉白話翻譯：

去年的今天，在這戶人家門內，我見到一位美麗的姑娘，微紅的臉龐和盛開的桃花互相輝映，真是美好的情景。

時隔一年後，再回到同一個地方，卻沒有再見到那位美麗的姑娘，不知她去哪裡了，只剩下滿樹桃花，依舊笑迎著春風。

三天後他剛好經過附近，走過來看看，卻聽到門內傳來一陣陣哭聲，他覺得很奇怪，去敲了門，有一位老先生出來，一見到他就問：「你是不是崔護？」

「我是，您怎麼知道我是崔護？」崔護很驚訝。

「就是你，就是你害死我女兒！」老先生流著淚，又急又怒。

「我……我……我沒有啊！」崔護嚇得幾乎說不出話。

老先生一把抓住他走進屋內，只見那位去年遇到的姑娘躺在床上，眼睛閉著，奄奄一息❶的樣子。「這……這是怎麼回事？」崔護驚慌地問。

老先生說：「我就這麼一個女兒，兩個人相依為命。去年我女兒見到你以後，常常一個人想事情不說話。三天前她看到你寫在門上的那首詩，然後就一直哭，都不吃飯。都是你害的！嗚嗚嗚……。」老先生說著說著

❶奄奄一息：僅存微弱的一口氣。形容生命或事物已到了最後時刻。

哭了起來。

崔護也不知怎麼辦才好。他對老先生說：「我也不知道為什麼會這樣。都怪我，一定是我太帥了，才會這樣的。」

老先生忍不住瞪他一眼，回他一句，「你也沒多帥！長得像猴子一樣。」頓時忘了哭，又說：「我女兒會讀書又懂事，還沒有嫁人，就是要等待一位好人家，沒想到……。」

崔護看著這位姑娘的樣子，感到很不忍心。他在床邊坐下來，輕聲對她說：「姑娘、姑娘，我是崔護，我來看你了。」

就這麼呼喚好一段時間，終於，姑娘緩緩睜開眼睛，老先生失聲叫，「活……活過來了！太好了！」說著又掉起眼淚。

最後，老先生主持了崔護和這位桃花姑娘的婚禮，總算有一個美好的結局。（改寫自《太平廣記》）

崔護靠著一首詩娶到一個老婆，當年的考試也考上了。真是太好了！恭喜、恭喜！

詩人小傳

崔護（七七二年—八四六年），唐代詩人，字殷功，曾任京兆尹、嶺南節度使（官名）。詩風婉麗清新。《全唐詩》存詩六首，皆是佳作。

白居易也寫過一首和春天、桃花有關的詩：

人間四月芳菲盡，山寺桃花始盛開。
長恨春歸無覓處，不知轉入此中來。

〈大林寺桃花〉～白居易

白話翻譯：

四月已經是春末進入夏天，各處的花也都已經落盡，然而高山上的古寺中，桃花竟然才剛剛盛放，多麼嬌豔動人。

我常常為春天那麼輕易逝去、無處再尋覓而傷感。沒想到這時在山中古廟又遇見春天，原來春天躲來這裡，真是使我喜出望外。

（山上的氣候比平地寒冷，花開得也比較晚，所以詩人彷彿有從人間突然走入一個春天仙境的感覺。）

唐代科舉考試舉辦在春天，另一首和春天科舉考試有關的詩，是孟郊的這首：

昔日齷齪不足誇，今朝放蕩思無涯。
春風得意馬蹄疾，一日看盡長安花。

〈登科後〉～孟郊

白話翻譯：

以前困頓的日子都過去，不必再提了。今天得到自己金榜題名的消息，我快

樂得好像飛上天，什麼都沒辦法想。

在春風中，我得意地縱馬奔馳，我要在一天之內看盡遍開京城的百花。

小知識

孟郊考試考了很多次，年紀也不小了，終於考上，內心的興奮實在難以形容。我們後來會用「春風得意」來形容人做事順利、志得意滿的神情。

七夕到底是不是情人節？

銀燭秋光冷畫屏，輕羅小扇撲流螢。
天階夜色涼如水，臥看牽牛織女星。

〈秋夕〉～杜牧

七夕被稱為東方的情人節，是由於牛郎和織女的愛情神話故事，而被流傳下來。牛郎和織女的故事是這樣的：

他們是一對夫妻。織女原本是天上的仙女，很會做女紅❶，負責製作天宮的針線織品，因為作品非常出色，所以稱為「織女」；而牛郎只是一個在人間放牛的窮小子。

話說牛郎自從被哥哥嫂嫂趕出去後，一個人帶著一隻黃牛獨自生活。有一天，老黃牛對牛郎說：「哞——牛郎。」

牛郎嚇一跳，「誰？誰在叫我？」因為荒野上只有他和老黃牛。

「是我，老黃牛。」

「老黃牛，你會說話？」牛郎不敢相信。

「對啦！我是神牛。」

「這也太神了。我們在一起這麼久，你現在才想要跟我聊天？」

老牛甩甩頭說：「唉呀，不是聊天，我有重要的事要告訴你，你先聽我說。我是從天上被貶到人間的神牛，你一直對我很好，很照顧我。我想

❶女紅：女子所做的針線、紡織、刺繡、縫紉等工作。

要報答你。你孤苦伶仃（ㄌㄧㄥˊ ㄉㄧㄥ）一個人，我老了，如果我不在了，你會更可憐。我告訴你，明天會有一群仙女來到山後的湖中洗澡。」

「你是要我去偷看仙女洗澡？」牛郎問。

「不是，我沒有叫你去偷看洗澡，你這個變態。我是要你去娶一個仙女回家照顧你。」老牛說完，又哞哞叫了兩聲，似乎不滿牛郎誤會牠的意思。

老黃牛繼續說：「明天傍晚，你去湖邊，把一件仙女的衣服偷藏起來，仙女就沒有辦法飛回天上去，你就求她留下來當你的妻子。」

牛郎越來越不敢相信，老黃牛會講話，還要他趁仙女洗澡去偷走衣服。

第二天，牛郎果然在山後的小湖邊發現來戲水的一群仙女，岸邊樹枝上掛著仙女們的衣服，他偷偷藏起一件。不久，戲完水的仙女們陸續穿上衣服飛回天上，只剩下一位找不著衣服的仙女慌張地躲在水裡，不知該怎麼辦，這就是女主角織女。

這時牛郎拿著她的衣服出來，柔聲告訴她，「不要害怕、不要害怕！我叫做牛郎，不是壞人。」牛郎自我介紹，然後說是因為希望和織女結緣才藏起衣服，他還告訴織女自己無依無靠，希望織女嫁給他。

織女聽他說話很誠懇，遭遇也很可憐，也知道是老黃牛出了這個偷衣服的怪主意。想想自己在天宮不停做女紅，每天織織縫縫的實在也很無趣，不如在人間談戀愛，就答應牛郎和他結婚。

結婚後，織女做出的各式各樣美麗織品，受到鄉人們的喜愛，她和牛郎的生活過得越來越好，還生了兩個孩子。

但是天宮發現織女不見了，一查之下，才知道她居然私自和牛郎結婚，連忙派出使者來把織女帶回天上。這時牛郎看著織女被帶走，隨著天宮使者飛上天去，他一路大叫，「織女、織女，不要走！」

老黃牛趕緊跑過來，說：「牛郎，快坐上來我身上，我載你去追。」

牛郎用扁擔掛起兩個孩子的襁褓❷，坐到老黃牛的背上，老黃牛放腿

❷襁褓：背負幼兒的布條和小被。

一奔，跟隨著織女也飛到天上去，刺激的追逐於是展開。

他們一路越飛越高，老黃牛即將要追上織女的時候，卻遇到天上的王母娘娘，她的手一揮，劃下一道銀河將牛郎和織女隔開，然後說：「織女，因為你私自下凡嫁給凡人，違反天上的規定，所以要處罰你們，讓你們隔著銀河不能相聚。但是看在你們真情真意的份上，讓你們在每年的今天，農曆七月七日晚上可以相會。」

這就是七夕的由來。傳說每到這天晚上，天上的鵲鳥會在銀河上搭起一座橋，牛郎和織女可以走上鵲橋相會。

到了夏季晚上，我們抬頭可以看到天上滿滿星辰的銀河兩旁，各有一顆明亮的星星，那就是牛郎星與織女星，遙遙相望的他們，給了人們一個愛情的傳說故事。也因為織女擅長做針線，七夕這天晚上，古代女生會準備針線、鮮果遙拜織女，祈求能夠像織女一樣有一雙巧手、擁有過人的手藝，所以七夕又叫「乞巧節」。

小知識

在天文學上，屬於天鷹座的牛郎星、天琴座的織女星與天鵝座的天津四，各是它們星座中最閃亮的星星，將它們跨著銀河連接起來，會近似一個直角三角形，稱為「夏季大三角」，其中織女星即位於這個三角形的直角頂點上。夏天的晚上，你也可以抬頭看看天上，看能不能找到夏季大三角，找到牛郎和織女星。

篇首〈秋夕〉白話翻譯：

秋天夜裡，銀燭臺上的蠟燭閃著微弱的光，畫屏上映著清冷的影子。她手裡拿著綾羅小扇，輕輕撲著飛舞的螢火蟲。

高高階臺上的夜色清涼如水；臥在床榻（ㄊㄚˋ）上仰望星空，牽牛星與織女星正遙遙相對。

詩人小傳

杜牧（八〇三年—八五二年），字牧之，號樊川居士，晚唐著名詩人，詩文俱佳，成就頗高，人稱「小杜」，以別於杜甫；又與李商隱齊名，合稱「小李杜」。

權德輿這首詩正是在描寫七夕晚上家家戶戶遙拜織女的情景：

今日雲駢渡鵲橋，
應非脈脈與迢迢。
家人競喜開妝鏡，
月下穿針拜九霄。

〈七夕〉～權德輿

白話翻譯：今晚七夕銀河上連接起（駢）鵲橋，牛郎和織女今夜可以相會，再也不必隔著迢迢銀河，含情脈脈地相望。家家戶戶歡喜地擺起香案，準備著化妝鏡與針線遙拜天上的織女，乞求織女賜予好手藝。

百花之王

雲想衣裳花想容，春風拂檻露華濃。
若非群玉山頭見，會向瑤臺月下逢。

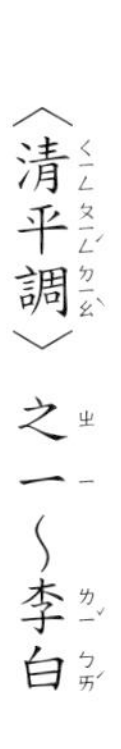
〈清平調〉之一～李白

這首〈清平調〉用美麗的牡丹花來形容楊貴妃。傳說，有天晚上玄宗皇帝心血來潮想聽歌，可是有曲子卻沒有歌詞，這時想起了李白，他豈不是填詞的最佳人選？

當下派人去找，各處找了好久，終於在城裡的酒家尋到已經醉得不醒人事的李白。

好不容易把他抬回皇宮，醉眼惺忪❶的李白聽見楊貴妃說：「李白先生，您怎麼才來呀！皇上譜了新曲，就等您填上詞，我好唱給皇上聽、舞給皇上觀賞。您看，我正在幫您磨墨呢！」

李白這才知道，原來是皇帝半夜裡找他來填詞，他只好拿起筆。沒想到冬日裡天寒地凍，毛筆上的墨汁已經結凍。

李白苦著臉說：「皇上，您看這天氣太冷，毛筆變成冰棒，寫不了。」

楊貴妃趕緊說：「我來想辦法。」她招招手，「找十個宮女來，大家輪流呵氣，幫先生暖筆。」

❶惺忪：神智模糊、眼神迷茫的樣子。

一會兒只見一排美女拿著毛筆，嘴巴對著筆尖呵出熱氣，防止毛筆結凍，輪流遞給李白，李白接來就開始下筆。

寫著寫著，李白又停筆了。

楊貴妃問：「李白先生，又怎麼啦？」

「靴子太緊，不舒服，我又醉得脫不下來。」李白說。

皇帝聽了一笑，揮揮手說：「高力士，幫李白先生脫靴(ㄒㄩㄝ)子。」

高力士是皇宮裡最有權力的大太監，聽著皇帝的命令，心裡滿是不願意，卻也只能蹲下來幫李白脫靴子。

李白又寫著寫著，只見他突然搖搖晃晃趴了下去。他實在不勝酒力，喝得太醉了。

皇帝見到說：「來人，快給李白先生喝醒酒湯！」

醒酒湯送來後，只見皇帝親自拿起湯匙說：「先生，來，快喝了這醒酒湯。」

有貴妃磨墨，有美人呵筆，有力士脫靴，還有皇帝餵湯喝，真是太享

受了。李白喝了湯，腳舒服了，酒也醒得剛剛好，微醺（ㄒㄩㄣ）中下筆如神，完成這首〈清平調〉。寫得很好，皇帝和楊貴妃都很高興。

但是他讓高力士脫靴，得罪了高力士，又把楊貴妃比做趙飛燕，聽說高力士去告訴楊貴妃，「貴妃娘娘，李白把您比成趙飛燕，真是壞呀！」

「哦？怎麼說？」貴妃問。

「趙飛燕那麼瘦，您這

麼胖……不不不，是豐滿。他是在諷刺您啊！而且趙飛燕的下場很不好，他顯然是在暗中罵您……。」

貴妃臉色大變，開始向皇帝說李白壞話，李白於是被疏遠了。

李白選擇離開朝廷，雲遊四海。少了一位做官的人並不可惜；相反的，有了一位遊山玩水的李白、好詩千篇的詩仙，對世間來說卻是彌足珍貴。

篇首〈清平調〉白話翻譯：

貴妃的容貌如此美豔動人，身上的服飾如此華麗高貴，天上的白雲和園中的牡丹也想為妳妝扮，香味又有如輕拂過欄杆的春風，帶來晶瑩露水中的牡丹花香。

貴妃真是仙女一般，也只能在仙境中的群玉山，或是西王母的瑤臺才能遇上吧！

〈清平調〉的組曲，還有另外兩首詩詞：

一枝紅豔露凝香，雲雨巫山枉斷腸。
借問漢宮誰得似？可憐飛燕倚新妝。

〈清平調〉之二～李白

白話翻譯：

貴妃猶如一朵帶露牡丹，紅豔凝香。想起楚王神女在巫山相會，追思使人枉然悲傷斷腸。

試問漢宮裡的得寵妃嬪，誰能和她相比？可愛的趙飛燕，恐怕還要依靠新妝才行呢！

名花傾國兩相歡，常得君王帶笑看。
解釋春風無限恨，沉香亭北倚欄杆。

〈清平調〉之三～李白

白話翻譯：

貴妃傾國佳人與紅牡丹的嬌豔美麗，美人與名花常使君王帶著笑容，歡喜欣賞。

在沉香亭的北邊，皇上與貴妃雙雙倚靠著欄杆，動人的姿態，有如春風消解無限憂愁。

故事外的故事

大家都認為牡丹花是百花之王，這是為什麼呢？

唐朝時出現一位女皇帝，她是中國古往今來唯一的女皇帝，她叫做

「武則天」。

傳說有一年冬天，武則天和女兒、親近的女臣在花園中賞雪，歡宴中眾人輪流寫詩。突然有一陣風送來隱隱的花香，武則天站起來往旁邊一看，原來是幾株梅花正盛放，有人說：「冬天裡百花休眠，只有梅花、水仙還開著。」

武則天已經有點醉意，她說：「我現在是皇帝，我的權力最大，而且是有史以來第一個女皇帝。我命令百花盛開！拿紙筆來！」

只見她趁著醉意寫下：

明朝游上苑，火速報春知。
花須連夜發，莫待曉風催。

〈臘日宣詔幸上苑〉（催花詩）～武則天

意思是：本皇帝我明天會到御花園賞花，趕快讓春神知道，百花都要在今天晚上開放，不要等到早上的風吹來才開。不然就把你們都逐出京城。知道了嗎？

這不是在開玩笑嗎？眾人都有點傻住了。

武則天叫人把這首詩拿到御花園中焚香公告。天上的花仙子們都得到這個消息，她們覺得很緊張，議論紛紛：

「怎麼辦？武則天皇帝要我們今晚就開花，可是明明還是冬天，怎麼能不按時節開花呢？」桃花仙子說。

「她是皇帝，如果我們不開花，我們就會被趕出京城。」李花仙子說。

「趕出京城？沒有這些達官貴人來看我們、讚美我們，那可怎麼辦呀？」桐花仙子驚恐地說。

「百花仙子呢？平常我們都歸她管理，現在應該聽聽她怎麼說。」櫻花仙子說。

「都找過了，到處都找不到掌管我們的百花仙子。我可不理人間的皇帝要怎麼樣。我是牡丹，我想開花的時候我才開花。」牡丹仙子驕傲地說。

「牡丹，你不怕被趕出京城嗎？」蘭花仙子問。

「哼！我才不怕。我是富貴的象徵，大家都喜愛我，就算武則天趕我走，我也不怕。」牡丹仙子又驕傲地回答。大家都說：「你真有膽啊！」

眾位花仙子又七嘴八舌討論了一會兒，然後各自回去了。

第二天早上，武則天醒來，想起昨天要求百花盛開的事，覺得有點後悔，因為如果百花沒有開的話，豈不是丟了本皇帝的臉？

這時有人匆匆忙忙來稟告，「報告皇上，花園中百花盛開了。恭喜皇上！」

「太好了！」武則天禁不住高興地說：「快！準備去賞花。」

來到花園中，果然，紅色白色黃色紫色……各式各樣的花兒開得到處都是，樹上、花架上滿滿都有。武則天叫人數一數，總共有九十九種花綻放。

「還有一種花沒開，是什麼花呀？」武則天問，她心裡有些惱怒。

「皇上，是牡丹，只有牡丹沒開花。」

「好大膽！居然敢不聽我的命令，它以為自己是花中之王嗎？想把我的臉氣歪嗎？」武則天很生氣，她下令：「把牡丹的花盆都除掉，全京城都不准有牡丹，我要把它趕出京城！」（改寫自《鏡花緣》）

從此以後，牡丹被趕出京城，但是它在別的城市開得更加美麗，想要欣賞牡丹的人都跑到別的地方去了。而且，百花之中，只有牡丹敢不聽武則天的話，所以大家都稱它為「花中之王」。

詩人韋莊也寫過一首詩讚嘆牡丹花：

閨中莫妒新妝婦，陌上須慚傅粉郎。
昨夜月明渾似水，入門唯覺一庭香。

〈白牡丹〉～韋莊

白話翻譯：

閨中剛化好妝的新嫁娘，可別妒忌人家白牡丹唷！路上英俊的少年郎，就算臉上塗粉也要自嘆不如呢！

溶溶月色下，潔淨的白牡丹幾乎和白月光融成一片。清風中，走入門來，彷彿什麼也沒有，獨獨發覺瀰漫一庭院的白牡丹芬芳。

還好我贏了

黃河遠上白雲間，一片孤城萬仞山。
羌笛何須怨楊柳，春風不度玉門關。

〈涼州詞〉～王之渙

我是王之渙，我擅長描寫邊疆塞外的風光人情，所以被稱為「邊塞詩人」。我只要說出我寫的另一首詩，你們一定知道。那就是：

白日依山盡，黃河入海流。
欲窮千里目，更上一層樓。

〈登鸛雀樓〉～王之渙

「太陽落到山的後面去了，黃河奔流向大海。如果想要看得更遠，到達千里之外，那就要登上更高一層樓。」大家都會這首詩吧？這是我寫的，是不是很厲害？我對我的詩超有自信。

我和另外幾位邊塞詩人都是好朋友。有一天，王昌齡和高適約我一起去酒店聚餐，這裡有歌女唱歌助興，酒菜也豐盛。聽著悠揚的歌聲，我們三個人一邊吃著喝著。王昌齡提議說：「趁今天大家聚在一起，不如我們來玩個遊戲？」

「好啊！」我們都附和，「要玩什麼呢？」

王昌齡揮手說：「你們看那邊有好幾個歌女，我請她們輪流過來唱詩歌。先不指定什麼詩歌，讓她們自己唱，看看她們會不會唱我們寫的詩，誰的詩被唱到最多次就算贏，這一頓其他人要請他。」

「好！這遊戲有意思，就這麼辦。」我和高適說。

第一位姑娘抱著琵琶❶緩緩走過來，略調了調音，開口唱：

寒雨連江夜入吳，平明送客楚山孤。
洛陽親友如相問，一片冰心在玉壺。

〈芙蓉樓送辛漸〉～王昌齡

❶琵琶：樂器名。

白話翻譯：

吳地夜裡下起寒涼的雨，從山野到江上迷濛成一片。清晨，我送友人回鄉，離別後剩下我獨自一人孤單寂寞，如同楚山一樣。

洛陽的親朋好友如果向你問起，請轉告他們，我的心依然像玉壺中的冰一樣晶瑩純淨。

「這是我的詩，」王昌齡笑著說，「我先記一分。」他很得意的樣子。

第二位來的歌女，看著我們三個期待的臉，輕啟朱脣唱起高適的詩。

「哈哈！我也得一分。」高適說。

他們倆轉頭看看我，我說：「別急別急，還早呢！」我對自己還是有信心的。

第三位歌女撥撥秀髮，清了清嗓子，淺淺一笑唱出王昌齡的詩。

王昌齡大笑起來，「又是我的詩！我兩分了，暫時領先。哈哈！」

這時，他們倆用充滿同情的眼神望著我，我說：「你們不用這樣看我，我的詩品味高，一般人不懂得演唱。你們看那邊還有一位姑娘，長得最漂亮，又最有氣質。是不是呀？」

王昌齡和高適都點點

頭。我說：「這位姑娘肯定懂得欣賞我的詩，如果她也不唱我的詩，這次就算是我輸；如果她唱的是我的詩，那可要算我贏。」

「好！」他們兩個都同意。

等這位姑娘走過來，大家都屏（ㄅㄧㄥˇ）息以待，我的心臟好像也跳得快了一拍。只見她的眼波在我們臉上流轉一圈，低頭彈奏琵琶唱起篇頭的詩：

篇首〈涼洲詞〉白話翻譯：

黃河從遠方的白雲間奔流而來，連綿的萬仞高山中，孤獨聳立著玉門關。在羌笛聲中，守關將士何須哀怨見不到江南的楊柳樹，和煦春風根本吹不到玉門關來。

這是我最得意的〈涼州詞〉，果然不負我的期待，這位美麗的歌女唱了我的詩，我們三人都大笑，他們認同最終是我贏了。（典出《集異記》）

詩人小傳

王之渙（六八八年—七四二年），字季凌，盛唐著名邊塞派詩人，善於描寫邊塞風光。詩風豪放，常與高適、王昌齡、岑參等邊塞派詩人相唱和（ㄏㄜˋ）。

故事外的故事

唐朝從開國之後一直對北方用兵，很多文人跟隨軍隊從事文書工作，他們因此有機會見識塞外風光，並將荒廣大漠上的情景與邊疆戰事，化為詩作。

王昌齡還有一首〈出塞〉描寫邊塞情景：

秦時明月漢時關，萬里長征人未還。
但使龍城飛將在，不教胡馬度陰山。

〈出塞〉～王昌齡

白話翻譯：
依舊是秦漢時的明月，依舊是秦漢時的邊關，千萬里的長征，駐守的將士不曾回鄉，甚至在戰場上很多人永遠回不來。
如果鎮守龍城的飛將軍還在，匈奴的騎兵哪還能跨過陰山來入侵。

詩中的「龍城飛將」真是好威風的外號，指的是漢朝時的大將軍李廣。李廣曾鎮守邊關，留下許多故事。

李廣身材高大，臂力很強，從小練習射箭，練得一身好本領，後來被漢武帝派去鎮守邊關，他對待部下很好，士兵都很敬愛他。有一次，他帶幾個士兵到山裡打獵，這個地方聽說有老虎出沒。到了晚間月色昏暗，樹林之中視野不清，一陣狂風吹來，草葉窸窸窣窣作響，前方的長草動得很厲害，隱隱約約看到老虎的身影。

「大家別動！慢慢退後。」李廣趕緊說，快速把箭架上弓，瞄準那個有動靜的地方。草叢忽然又動了，李廣一箭射出，「嗖」一聲之後就沒有任何聲響。

等了一會兒，李廣說：「大家去搜一搜，看看有沒有老虎的蹤跡。」但是眾人搜尋一遍卻沒有發現老虎，於是決定等第二天天亮後再來尋找。

隔日清晨又來到這裡找了一圈。哪裡有老虎的蹤影，只看見昨天射箭的地方有一顆大石頭，石頭上有一根箭深深插在上面，幾乎沒入了半根，大家都驚訝得張大嘴巴。

李廣看到昨晚射的箭居然射入岩石內，自己也不敢相信。他取來弓箭試著往石頭上射出，可是不管他再怎麼嘗試，都無法再射入石頭了。

國家圖書館出版品預行編目資料

一起開口讀唐詩——36個唐詩故事，為小學生閱讀養加分(上)／齊格飛著. ——初版. ——臺北市：五南圖書出版股份有限公司, 2023.05
冊；　公分
ISBN 978-626-343-133-1（平裝）

831.4　　111011843

ZX1P 悅讀中文

一起開口讀唐詩

36個唐詩故事，爲小學生閱讀養加分(上)

作　　者— 齊格飛
錄音、選詩— 張永霓
發 行 人— 楊榮川
總 經 理— 楊士清
總 編 輯— 楊秀麗
副總編輯— 黃惠娟
責任編輯— 陳巧慈
封面設計— 韓衣非
插　　畫— 陳柏宇
出 版 者— 五南圖書出版股份有限公司
地　　址：106台北市大安區和平東路二段339號4樓
電　　話：(02)2705-5066　　傳　　真：(02)2706-6100
網　　址：https://www.wunan.com.tw
電子郵件：wunan@wunan.com.tw
劃撥帳號：01068953
戶　　名：五南圖書出版股份有限公司

法律顧問　林勝安律師

出版日期　2023年5月初版一刷
定　　價　新臺幣350元